LE NOUVEAU
DE LA CLASSE

JEAN GERVAIS

LE NOUVEAU DE LA CLASSE

Illustrations de Jocelyne Bouchard

Boréal  Jeunesse

Cet ouvrage a été publié avec l'appui du Programme
de subvention globale du Conseil des Arts du Canada.

L'auteur tient à remercier l'Université du Québec à Hull
pour sa participation à la réalisation de cet ouvrage.

Collection dirigée par Danielle Marcotte

Diffusion au Canada: Dimedia
Distribution en Europe: Les Éditions du Seuil

© Les Éditions du Boréal
Dépôt légal: 4e trimestre 1992
Bibliothèque nationale du Québec

Données de catalogage avant publication (Canada)

Gervais, Jean, 1946 -
    Le Nouveau de la classe
    (Boréal jeunesse)
    Pour les jeunes.
    ISBN 2-89052-509-0

    1. Enfants handicapés physiques – Ouvrages pour la jeunesse.
I. Bouchard, Jocelyne. II. Titre. III. Collection.

HV903.G47   1992   j305.9'0816   C92-097262-4

À Mélissa…

…Marc-André, Benoît, François, Cathou, Nicolas,
Francis, Mélanie, Guillaume, Vincent, Julien,
Marie-Andrée, Annie, Nathalie, Anouk, Matthieu,
Jean-François, Emmanuel, Élisabeth, Esther, Julie,
Marc-Antoine…

Dominique adore les vacances, mais il aime aussi beaucoup les retours à la maison, comme ce soir. Quelle joie de retrouver sa chambre, de coucher dans son lit!

Avant de s'endormir, il regarde avec plaisir son vieil ours en peluche. Il n'a jamais voulu le jeter. Quelquefois il pense que ça fait bébé d'aimer un ours en peluche encore à son âge.

— C'est un souvenir! explique-t-il souvent à ses parents.

Eux, ils aimeraient bien le voir à la poubelle, ce souvenir!

Le lendemain, Dominique se réveille très tôt. Pendant que ses parents et sa sœur Mélanie dorment, il descend dans la cour.

Fantastique! La cour de la maison est pleine de grandes herbes comme à la campagne. Il y a même des petites fleurs bleues. Un vrai jardin!

Laurent ne va pas être content du tout. Lui qui déteste les mauvaises herbes! Dominique n'a jamais compris pourquoi son père aime autant le gazon, alors qu'il déteste passer la tondeuse.

Le gazon, c'est ordinaire, songe Dominique. Les mauvaises herbes au moins ne sont pas toutes pareilles!

Dominique a bien hâte de retrouver ses amis Mathieu et Simon. Mais il ne verra Mathieu que dans sept jours. Il est en colonie de vacances.

Heureusement, Simon passe l'été en ville, lui. Mais il faut attendre l'heure... Dominique ne peut aller chez les gens avant neuf heures trente. C'est interdit! Surtout un samedi comme aujourd'hui. Les parents dorment!

Enfin, neuf heures trente! Dominique court retrouver son ami. Il sort en vitesse de chez lui.

C'est alors que Dominique **le** voit pour la première fois.

Il est là, sur la galerie de la maison, juste en face de chez lui. **Il** est assis tout croche sur sa chaise.

Dominique est tellement surpris qu'il s'arrête net. Puis il repart en courant à toute vitesse!

— Heureusement qu'**il** ne m'a pas vu! se dit Dominique.

Essoufflé, Dominique arrive chez Simon qui, assis sur une marche, joue avec son chat.

— As-tu vu le «mongol», en face de chez nous? crie Dominique.

— Tu parles, si je l'ai vu!

Et Simon se tord le cou en sortant la langue! Il s'appuie la tête sur l'épaule, on jurerait que c'est **lui.** Simon est doué pour les imitations! Dominique rit.

— Même que… il va peut-être venir à notre école, affirme Simon. Mais maman dit que le directeur ne voudra sûrement pas.

Simon refait son imitation.

— Heureusement! dit Dominique. Tu vois ça, un handicapé dans la classe?

En retournant chez lui pour dîner, Dominique espère qu'**il** ne sera pas encore sur le balcon. Il ne veut pas **le** voir. Dominique n'aime pas les handicapés. Ça le gêne.

Pas de chance! **Il** est toujours là. Dominique évite de **le** regarder et entre à la hâte dans sa cour! Il bute sur la tondeuse et s'étend de tout son long dans l'herbe coupée.

— Espèce d'énervé, regarde où tu vas! lui lance son père.

— Fais attention! répète sa mère, affairée à arracher des pissenlits.

Dominique n'écoute pas, il se relève rapidement et entre dans la maison! Il ne pense qu'à une chose: pourvu qu'**il** ne l'ait pas vu tomber...

Dominique se sent ridicule, comme la fois où il avait perdu son soulier en bottant le ballon au soccer. Il revoit encore son soulier haut dans les airs qui retombe lentement... Il entend encore les parents qui rient... Il était tellement gêné! Personne n'avait pu le retenir. Il avait quitté la partie en oubliant sa bicyclette!

C'est décidé! À l'avenir, pour ne plus **le** voir, Dominique entrera chez lui en passant par la ruelle.

Le jour de la rentrée scolaire, Dominique est heureux de retrouver ses amis.

Mathieu, Marie-Hélène, Edouardo, Esther et Yan-Yin ne seront pas dans sa classe cette année. Au moins, il se retrouve avec Simon, Cathou et Minh-Thi.

Comme prévu, **il** n'est pas à l'école. Le directeur n'a pas voulu. Simon en a parlé. Il le sait parce que sa mère siège au comité d'école. **Il** restera dans une école spéciale. Simon dit aussi que sa mère croit que c'est mieux pour **lui**.

Pourtant, une semaine plus tard...

Dominique revient de chez le dentiste. Il est en retard à l'école. Il ira montrer son billet au directeur pendant la récréation. Comme il ouvre la porte de la classe, il évite de justesse une chaise roulante.

Il est là!

Dominique entend murmurer:

— A-t-t-t-tention, c'est pas une t-t-t-tondeuse, débile!

Dominique ne sait plus quoi dire. Il se rend à sa place. «Me traiter de débile, moi!» Perdu dans ses pensées, Dominique ne voit pas Simon qui fait son imitation, au grand plaisir de Cathou.

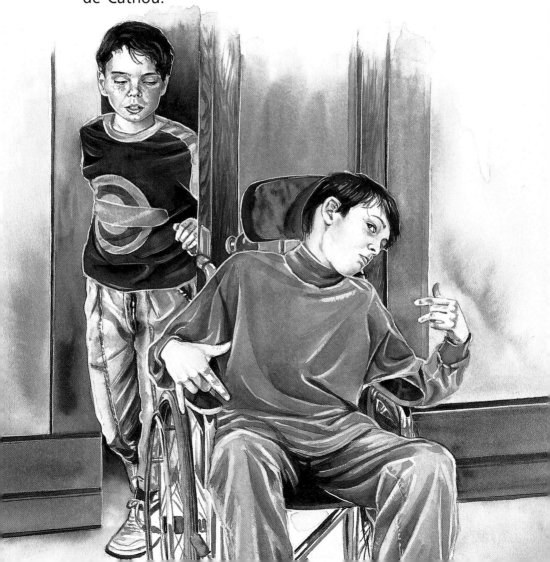

Dominique apprend alors qu'**il** s'appelle Benoît. Madeleine, le professeur, poursuit ses explications. Dominique comprend que Benoît passera l'année avec eux.

— Benoît est un enfant comme les autres. S'il veut de l'aide, il va en demander. Veux-tu ajouter quelque chose, Benoît?

Alors Benoît explique à la classe qu'il souffre de paralysie cérébrale parce qu'il a manqué d'oxygène à la naissance. Il parle de son ancienne école qu'il aimait beaucoup. Il répond aux questions des enfants qui lui demandent s'il peut s'habiller tout seul, aller seul aux toilettes... Il explique à Minh-Thi que sa maladie n'est pas contagieuse. Il répond à Raphaël que personne n'est responsable de ses difficultés.

Benoît hésite sur des mots. Ce n'est pas toujours facile de le comprendre. Mais toute la classe écoute. Il y a tellement de questions que cela dure jusqu'à la récréation.

Dominique ne pose pas de questions. Il n'en revient pas de s'être fait traiter de «débile». Simon ne dit rien non plus.

À la récréation, Dominique se rend au bureau du directeur pour lui remettre son billet de retard. Tandis qu'il attend son tour, il aperçoit Benoît qui arrive. Ce dernier roule sur les pieds de Dominique avec sa chaise! Puis il recule et revient se placer juste devant lui.

— Aïe! Il l'a sûrement fait exprès! pense Dominique.

Dominique ne peut pas voir le sourire de satisfaction de Benoît parce que celui-ci a toujours la tête penchée.

Après un moment de silence, Benoît lui demande.

— Et t-t-toi, t-t-tu en as des q-q-questions?

— Euh... non, hésite Dominique. Puis il se ravise. Ah! oui, tiens! J'en ai une. Est-ce que tu prends ton bain avec ta chaise roulante?

— V-v-voyons donc! C'est pas un s-s-sous-marin! plaisante Benoît.

Heureusement, le directeur sort de son bureau.

— C'est gentil d'avoir aidé notre pauvre ami Benoît à venir me voir, dit le directeur en sortant de son bureau.

Dominique explique qu'il est plutôt là à cause de son retard. Il entend Benoît qui répète tout bas de sa voix hésitante: «C'est gentil d'avoir aidé notre pauvre ami Benoît à venir me voir.» Dominique est certain qu'il a même dit «débile!» à la fin.

— Tu dis quelque chose, Benoît? demande le directeur.

— R-r-rien! ment Benoît.

Dominique trouve Benoît bien impoli. Après tout, le directeur ne cherche qu'à l'aider.

Les semaines passent...

Dominique se rend compte que Benoît est comme les autres enfants de la classe.

Le pupitre de Benoît est tout près du sien. Aussi, Dominique l'entend souvent bavarder pendant la classe, surtout quand il n'est pas content. Dominique ne comprend pas toujours ce que dit Benoît à cause de la façon dont il parle. Madeleine a mis plusieurs fois au tableau le nom de Benoît... presque aussi souvent que celui de Simon! Un jour, il a même été privé de la sortie de classe à cause de sa mauvaise conduite.

Dominique trouve que Madeleine a tort. Elle devrait être moins sévère avec lui. Benoît a déjà la vie assez difficile parce qu'il est handicapé...

Même s'il bavarde toujours et n'écoute pas, Benoît est très bon en classe. En mathématiques surtout! Il est même meilleur que Minh-Thi, qui ne l'aime pas du tout. Avant, c'était elle la meilleure!

Simon, lui, déteste les mathématiques. Il faut dire que Simon est le dernier de la classe dans cette matière. Il a horreur des mathématiques. Au début des vacances, ses parents l'ont obligé à suivre un cours à la maison avec un professeur. Dominique s'en souvient très bien: Simon ne pouvait jamais jouer avec lui! Mais un jour le professeur n'est plus revenu. «Je l'ai découragé», avait annoncé Simon avec un air de triomphe.

Madeleine répète souvent à Simon qu'il ne réussira pas son année s'il continue à ne pas travailler ses mathématiques. Au fond, Simon a très peur que ça lui arrive. Il a dit à Dominique que s'il doublait son année, il préférerait ne plus jamais revenir à l'école. Il aurait tellement honte! Simon est très inquiet, mais il essaie de ne pas le montrer. Il dit que sa matière préférée, à l'école, c'est la récréation!

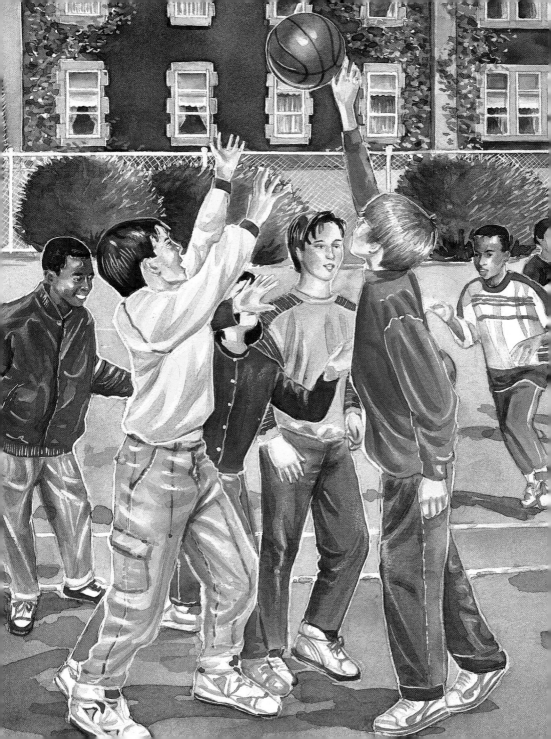

À la récréation, Benoît, lui, est très souvent seul. Les enfants jouent à des jeux auxquels il ne peut pas participer. Dominique retrouve Simon, Minh-Thi, Edouardo et Mathieu pour jouer au ballon.

Pourtant, Dominique aime aussi la compagnie de Benoît. Parfois il choisit de rester avec lui. Mais dès que Dominique est avec Benoît, Simon vient le chercher.

Cependant, le matin et le midi, Dominique se rend à l'école avec son nouvel ami. L'après-midi, il revient seul. Benoît doit rester à l'école parce qu'un autobus spécial vient le chercher. Benoît doit faire des exercices à l'hôpital.

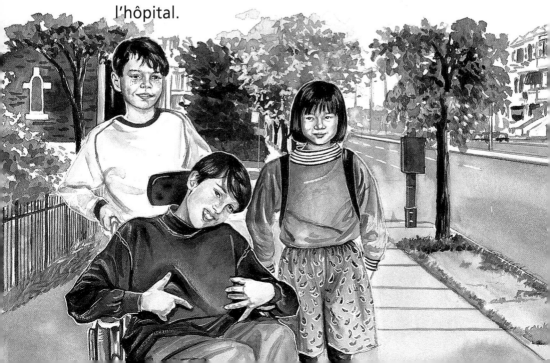

Benoît parle beaucoup. Maintenant,
Dominique comprend tout ce qu'il dit. Il ra-
conte à Dominique comment il aime
Madeleine, même si elle le punit fréquem-
ment.

— Pour elle, je suis comme les autres! explique-t-il.

Benoît déteste le directeur parce qu'il le traite
comme un bébé.

Finalement, Dominique s'entend bien avec Benoît. Il trouve qu'il a un ami différent. Cela va bien avec Benoît parce que lui-même, quelquefois, il se sent différent. Dominique ne se sent pas aussi bon que d'autres dans les sports et il a souvent peur qu'on rie de lui. Souvent, il se trouve maladroit.

Au début, Dominique était gêné de marcher à côté de Benoît, à cause des gens qui se retournent. Benoît dit qu'on ne doit pas s'occuper d'eux. On doit faire comme si on ne les voyait pas. Ça marche! Dominique se sent moins gêné maintenant.

Aujourd'hui, à la récréation, Simon est venu chercher Dominique qui jouait aux échecs avec Benoît.

— Allez, viens avec nous!

Puis, regardant Dominique, il a fait son imitation de Benoît en tirant la langue, la tête sur l'épaule. Le directeur était juste derrière lui. Il est devenu rouge de colère.

— On peut se moquer de tout, sauf des handicapés! Benoît a assez de ses problèmes sans avoir à subir les moqueries...

En conséquence, Simon restera après l'école au bureau du directeur pendant une semaine. C'est une grosse punition pour Simon qui aime bien jouer au ballon après l'école.

À la fin de l'après-midi, Madeleine aperçoit Simon debout près du bureau du directeur. Benoît n'est pas loin. Il attend toujours longtemps son autobus. En attendant, il fait ses devoirs.

— Vous devriez en profiter pour faire vos mathématiques ensemble, suggère Madeleine. Ça t'aiderait, Simon.

Simon ne dit rien. Il regarde le mur. Quand Madeleine s'éloigne, Benoît s'approche de Simon.

— Si tu veux, je peux t-t-t'aider en mat-t-thématiques.

D'abord Simon ne dit rien, tout étonné. Puis, il demande tout bas:

— Quand?

— Maint-t-tenant! dit Benoît.

— Le directeur ne voudra jamais.

— Il va v-v-vouloir! Tu n'as qu'à lui dire que tu veux t-t-t'occuper du «pauvre handicapé» parce que t-t-tu n'as pas été correct avec lui.

Simon sourit. Il aime aussi se moquer des directeurs. Après tout, il n'y a rien de mieux à faire...

Le directeur félicite Simon pour son idée.

— C'est toujours gentil de s'occuper d'un handicapé.

Pendant une semaine, Simon et Benoît font des mathématiques après la classe. Simon n'en revient pas de voir comme il apprend vite. Benoît est un excellent professeur.

À la fin de la semaine, Simon s'entend avec Benoît pour travailler une petite demi-heure tous les jours après la classe.

— Jusqu'à ce que je sois sûr d'être bon! explique-t-il à Benoît.

Le directeur est d'accord.

Madeleine est très heureuse des progrès de Simon. Maintenant Simon aussi vient à l'école avec Dominique et Benoît.

— On est trois amis, dit souvent Dominique.

Benoît est moins seul pendant les récréations. Simon et Dominique changent souvent les règlements des jeux pour lui permettre d'y participer.

Un jour, le directeur croise Simon et Dominique. Profitant de l'absence de Benoît, il les félicite de leur conduite.

— On m'a parlé de tout ce que vous faites pour notre petit handicapé. Je suis fier de vous!

Dominique est surpris.

— Ce n'est pas parce qu'il est handicapé qu'on l'aide! C'est parce que c'est Benoît et parce qu'il est notre ami!

— Et parce qu'il est super! ajoute Simon.

Et les deux amis repartent en souriant rejoindre Benoît.

FIN

Mot aux parents et aux éducateurs

Savez-vous ce que déteste le plus un enfant handicapé physique? C'est de ne pas être traité comme les autres! Les personnes handicapées gardent de meilleurs souvenirs des parents, amis et professeurs qui les ont considérés comme des enfants normaux.

La plupart du temps cependant, les adultes et les enfants ne sont pas à l'aise avec le jeune handicapé. Justement parce qu'ils sont mal à l'aise, les adultes deviennent surprotecteurs, veulent tout faire à la place du jeune handicapé; ils le prennent en pitié, lui parlent comme à un bébé ou évitent de le regarder. Les enfants quant à eux l'isolent, se moquent de lui, le considèrent comme un déficient intellectuel, le fixent continuellement comme s'il s'agissait d'un être étrange ou, comme Dominique dans notre histoire, fuient carrément sa présence.

Toutes ces réactions sont compréhensibles, même si elles ne sont pas souhaitables. Que faire alors pour aider l'enfant handicapé à vivre heureux? La question est importante. En effet les statistiques nous révèlent que près de 20 000 petits Québécois sont handicapés.

Beaucoup de questions surgissent. Faut-il laisser l'enfant handicapé seul avec les personnes non handicapées pour qu'il apprenne à se débrouiller? Faut-il éviter d'intervenir, le laisser faire sa place? Doit-on croire que les adultes et les enfants perdront nécessairement leurs préjugés en fréquentant le jeune handicapé?

La recherche et l'expérience clinique nous montrent que, à simplement côtoyer le jeune handicapé, les autres enfants et les adultes peuvent très bien enraciner leurs attitudes inadéquates ou, pire, adopter des comportements qui lui sont préjudiciables. Le temps ne suffit pas à dissiper les préjugés. Dans notre histoire, le directeur de l'école continue malheureusement à prendre Benoît en pitié, même s'il le connaît de mieux en mieux et il persiste à le traiter différemment des autres enfants.

Madeleine, l'enseignante, utilise certaines stratégies très utiles pour intégrer un élève comme Benoît dans un groupe d'enfants non handicapés. D'abord, afin de dissiper le malaise du groupe à son égard, elle veille à ce que les élèves soient bien renseignés sur les difficultés de Benoît. L'enfant handicapé est souvent la personne la mieux placée pour expliquer sa situation; Madeleine utilise donc Benoît comme «expert» pour démystifier ses propres handicaps.

Il n'y pas de questions qui soient sottes! En répondant aux questions des enfants de la classe, Benoît contribue à dissiper le malaise qui engendre les réactions malheureuses évoquées plus haut. Les enfants apprennent quelle est la nature du handicap de Benoît, ce qui en est la cause et quelles en sont les conséquences; ils comprennent que son handicap n'est pas une «maladie» contagieuse et ne représente aucun danger pour eux.

La psychologie nous apprend combien l'ignorance entraîne d'insécurité et de préjugés. Les adultes autant que les enfants dramatiseront les difficultés d'un enfant handicapé faute d'être renseignés. Une information précise sur les difficultés du jeune handicapé dissipe l'anxiété normale des personnes qui ne le connaissent pas et qui ne savent pas comment se comporter avec lui. Les enfants apprennent à distinguer les occasions où Benoît a besoin d'aide des moments ou, au contraire, ils doivent le laisser se débrouiller seul. Sachant ce que l'enfant handicapé peut faire et ce qu'il ne peut pas faire, les jeunes et les adultes l'intègrent plus facilement. Ils ne l'aident qu'au besoin ou à sa demande, lui permettant ainsi de s'épanouir physiquement et psychologiquement.

Madeleine n'accorde pas de privilèges à Benoît à cause de ses handicaps. Elle ajuste simplement ses exigences aux capacités de l'enfant et ne lui demande rien qu'il ne soit capable de faire.

De plus, l'enseignante utilise une autre stratégie très heureuse en amenant Simon à étudier ses mathématiques avec Benoît. Elle donne un rôle à Benoît et fait en sorte que Simon le connaisse mieux en mettant à profit ses compétences. Grâce à cette initiative, Simon ne considère plus Benoît simplement comme un «handicapé» mais développe des affinités avec lui.

Au cours de la recherche effectuée en préparation à ce livre, j'ai été impressionné par l'ingéniosité de certains adultes, parents et professeurs, à créer des situations d'interaction positive entre jeunes handicapés et non handicapés. L'hospitalité de certains parents d'enfants handicapés à l'égard de jeunes du voisinage a souvent été à l'origine d'une amitié qui s'est révélée extrêmement précieuse pour l'acceptation de leur enfant à l'école par exemple. Des jeunes même sévèrement handicapés finissent souvent par se faire au moins un ami non handicapé lorsqu'on leur fournit l'occasion de vivre avec des enfants qui n'ont pas de handicap. Un seul allié suffit à l'enfant handicapé pour l'aider à se tailler une place dans son environnement.

Les parents de Simon auraient souhaité que Benoît fréquente une école spéciale; peut-être craignaient-ils que sa présence nuise à l'apprentissage des autres enfants. Tout comme Benoît dans notre histoire, les enfants handicapés désirent vivre comme les autres élèves dans une école ordinaire. La fréquentation de l'école régulière stimule leur développement et leur autonomie.

Tous les enfants profitent de l'intégration des jeunes handicapés; il est maintenant connu que les interactions dans la classe entre élèves handicapés et non handicapés favorisent l'établissement d'un climat de coopération propice à l'apprentissage de tous les enfants. Des chercheurs ont en effet démontré que les élèves apprennent mieux et plus rapidement en contexte de collaboration plutôt qu'en contexte de compétition.

Benoît prend l'initiative des contacts avec Dominique. Cependant, tous les jeunes n'ont pas cette assurance. L'enfant handicapé doit pourtant savoir qu'il lui faudra souvent faire les premiers pas et demander aux autres de jouer avec lui ou d'aller chez lui. Spontanément les enfants n'invitent pas le jeune handicapé à partager leurs jeux. L'enfant handicapé auquel on a appris qu'il doit se tailler sa propre place risque moins l'exclusion.

S'il met en valeur ses intérêts, affirme ses goûts et évite de miser sur son handicap pour se faire accepter ou pour obtenir des privilèges, le jeune handicapé se fera plus rapidement des amis. Ceux qui partagent ses intérêts le reconnaîtront comme l'un des leurs. Il doit aussi apprendre à répondre aux moqueries des camarades, à ignorer ou, encore mieux, à confronter ceux qui l'ennuient. Par exemple, interpeller ceux qui le regardent de façon persistante peut donner de meilleurs résultats que feindre l'indifférence.

Bien sûr il ne faut pas nier que les enfants comme Benoît ont des besoins particuliers. Ces besoins sont avant tout «techniques». Ils nécessitent des aides ou des appareils particuliers pour écrire, se déplacer, parler, etc. Leurs besoins psychologiques sont semblables à ceux des autres jeunes. Une fois leurs difficultés compensées par des ressources ou des instruments adéquats, les jeunes handicapés sont aptes à évoluer normalement avec leurs camarades. Ils peuvent dès lors être traités comme les autres enfants.

À la fin de notre histoire, Dominique et Simon ne perçoivent plus Benoît comme «un handicapé» ou un «anormal». À force d'*informations* et d'*interactions*, il est devenu simplement un ami comme les autres qui se déplace et parle différemment. Simon et Dominique aiment Benoît pour ses qualités et non par générosité ou pour rendre service.

Cette histoire de Dominique peut constituer un point de départ pour entamer une discussion avec les enfants au sujet de leurs attitudes face aux personnes handicapées. On peut, par exemple, demander aux lecteurs ce qu'ils pensent des attitudes des différents personnages. Ils peuvent donner leur avis sur les raisons pour lesquelles Benoît déteste le directeur ou expliquer le changement d'attitude de Simon et de Dominique. Ils peuvent découvrir ce que les trois amis s'apportent mutuellement. Les enfants à qui l'on apprend à regarder les habiletés des autres enfants plutôt que leurs déficiences risquent d'être moins sévères à l'égard d'eux-mêmes. Ainsi, en se centrant sur leur propres capacités plutôt que sur leurs faiblesses, ils seront plus sereins.

Jean Gervais,
Professeur en psycho-éducation
Université du Québec à Hull

Note

Toute personne ayant des commentaires, remarques ou suggestions à transmettre à l'auteur de ce livre peut lui écrire à l'adresse suivante:
Jean Gervais, a/s Éditions du Boréal
4447, rue Saint-Denis, Montréal (Québec) H2J 2L2

Remerciements

L'auteur remercie mesdames Lyse Desmarais-Gervais, Murielle Riou, Sophie Latulippe, Linda Bonin, Louise Lamarre, Lucie Fréchette, Constance Lamarche, le docteur Claude Desjardins, et messieurs Maurice Groulx et Jean Lengellé pour leur soutien, leurs conseils, leur expertise et leur contribution à la rédaction de ce livre.

Pour la documentation et l'assistance aux activités de recherche, il est également reconnaissant à mesdames Ève Blais et Francine Bélec de l'Association de paralysie cérébrale du Québec Inc., Danielle Boisvert, Jacinthe Sirois, et Martine Deschêne de l'UQAH, Michelle Gascon (Radio-Québec), Sylvie Daigle (Centre La Ressourse), Jocelyne Petit-Plante (Les Pavillons du Parc), ainsi qu'à l'Office des personnes handicapées. Pour la révision du manuscrit final l'auteur est reconnaissant à mesdames Sylvie Gervais et Line Leblanc, ainsi qu'à monsieur Denis Lefebvre.

Il est également redevable aux enfants et adolescents qui ont contribué à cet ouvrage en livrant leurs expériences et leurs points de vue. L'auteur remercie particulièrement Mathieu Dumas, les élèves de cinquième année de l'école La Source (1990-1991), leur professeure Lise Morissette, ainsi que Stéphane Cadieux, Luc Dufort, Luc St-Pierre et Mélanie Provost.

Enfin, l'auteur exprime aussi sa gratitude à Danielle Marcotte, des Éditions du Boréal, pour la pertinence de ses critiques et suggestions.

L'auteur

Jean Gervais est diplômé en psycho-éducation de l'Université de Montréal. Éducateur, puis consultant en milieu scolaire, il a travaillé durant une dizaine d'années comme directeur des Services professionnels dans un centre de réadaptation pour enfants de Montréal. Maintenant professeur d'université, il consacre également du temps à la psychothérapie tout en terminant sa thèse de doctorat. Auteur de plusieurs articles parus dans des revues spécialisées, Jean Gervais a également publié pour les jeunes *C'est dur d'être un enfant* et les récits de la collection «Dominique».

L'illustratrice

Jocelyne Bouchard, diplômée en communications graphiques de l'Université Laval à Québec, a exposé plusieurs fois en solo à Montréal et Québec depuis 1986. En 1991, elle est coordonnatrice au Salon de l'illustration québécoise de Montréal. Maintenant établie à Montréal, elle concentre ses activités dans le domaine de l'édition (littérature, manuels scolaires) et de la publicité. Sa production artistique est exceptionnellement variée par la nature de ses œuvres, par leurs thèmes et les médiums employés.

L'illustratrice tient à remercier ses modèles Mélissa Lavergne, Marie-Pierre Gagné, Minh-Thi La, Julien Ledoux-Corbeil, François Gervais, Jean-Sébastien Minville, de même que l'auteur pour la documentation, les informations et le support moral. Elle exprime aussi sa gratitude à Gaston Michaud, son collaborateur.

Typographie et mise en pages:
Les Éditions du Boréal

Achevé d'imprimer en octobre 1992
sur les presses de l'Imprimerie Marquis,
à Montmagny, Québec